歌集

疫の時代に

池田和彦

砂子屋書房

*目　次

I

Ⅲ

装本・倉本　修

歌集　疫の時代に

I

疫の時代に　一

厭な世になりましたねと面影の単衣の母につぶやいてみる

母の日はさびしくなりぬ戒厳の街あゆむごと
花舗も鎖され

はつ夏の懐かしきものそは何そ葉蔭に立ちて
思えどわかず

はつ夏の山ふくらむや外光と名づくる朝のひかりのなかに

紫陽花の藍におどろくわがこころ疫のもなかに穢されずあり

うつぶせに肺休ませるその体位いく度かみき
疫始まりしより

黒揚羽われに舞い来るこぬれよりその羽ばた
きの鳥に倣いて

山峡に抱かれんとしてああ蝶《はべら》白きはね持ちなかぞらへ舞う
眠られぬ夜は端座位にかしこまり隔たりおるをひたすら怯ゆ

この疫はいつ果てるやら病者またいでて赤き
灯橋に点せる

学徒

ひとつひとつ本に妖精眠りおり書架はひそか
に立ち止まるべし

『青い鳥《ルワゾー・ブルー》』ひらけば鷗外蔵書なり大学書庫の
奥処におりき

奥書架のおぐらきなかへ響みくる軍靴の打拍
おおぜいおおらん

虚脱する似島になお三遺体解剖されぬ敗戦の日も

ゆるぎなき倫理やじかに文明の野蛮と糾すカミュ　原爆

本郷に原爆脳を閲したるわが師まことの闘士なりき

雨降りの医学徒われはしずかなる室にのがれて傑士の脳みき

暗がりに斎藤茂吉の脳をみき　つめたき水に
まるごと浸り

水底に斎藤茂吉の脳しずみ東大医学部まこと
冷えたり

レーニンの果てたるのちの脳詠みし茂吉の脳
をわれみつめんも

行進のひとりひとりが死にのぞみ雨降るいま
はわれも歩をだす

捧げたるみ旗を風へ投ずれば刹那煽りて甦るなり

名曲喫茶たしかにありきこの角に駿河台坂くだりだすとこ

漆黒の神経線維をたどれども精神の病わかたずにあり

ワインレッドならん黒蝶ダリア濃し陰謀かくも重ねあえるや

内庭の底いに立てばわれも知るひとのおよべぬ矩形の空を

夕されば檜垣の濡れの水玉にひかりあつめる色こそ淋し

疫の時代に　二

いつまでと問われ驚き湧けるかなマスク着くるは疲果てんまで

夕されば心落としてラジオ聴く津々浦々に疫
禍やまぬを

疫の世の戦時にふさうことひとつ総動員の徹
底ぞこれ

初めより本土決戦なるごとし疫に銃後のなきを憂うる

山歩きゆるさぬ自粛の日々なれば茂吉全首を閲したれども

こう詠むは赦されざると伝えきく『萬軍』の
歌この疫に重ねる

アルベール・カミュが自動車事故死せしこと
など浮かび来この度の疫

ガリマールのベージュの本の届ききてパリの
疫毒付き来《く》を懼る

この国の水のゆたかさ手を洗う水ありがたし
国富めるとは

図書館は不要不急に閉ざされて読むべきもの
はおのればかりや

バーンアウトそう云ってもよいだろう唯ただ
籠もりておるだけなれど

しわぶきの飛沫《しぶき》の粒がどこまでも漂いおるを
見るは悲しも

この疫に障り少なき君たちよ老い吾れら病む
ゆえ自粛たのまん

このコロナ疫の怖れの大もとはひとりひとり
の存生ならん

疫死せり　民の「且人半《なかばにす》」ぐるもの　『日本書
紀』なるわれらの昔

疫なるは「民が皆病むなり」という『倭名類聚抄』正しく然り

わが国のエピデミーゆえ切なくもわれらリアルの日本史生きん

マスクから労働までの隔たりをこの疫の代の
測りとせんも

橋は夜に赤く点れり東京のみぎわに疫の再襲
告ぐる

石の河原に

芯の昏き紅のポピーのひと叢が土手に揺れおり水の香寄する

はたてなき疫逃れきて多摩川の石の河原にひ
とり黙《もだ》すも

河原べのみぎわの岩に腰かけて大岳のやま見
あぐるよろこび

疫の世をみずに忘れて川原《かわはら》のただはつ夏のひかり吸わんや

多摩川のながれの底に石透きてみぎわは石のしずかに水漬く

夏至はやも女神のごとく過ぎゆきてみよ多摩
川のみずは奔《はし》れる

川原はおもわぬ風やなかぞらを鷹ながさるる
翼伸ばして

はつ夏の空ながれゆく鷹はやし翼のばせる影
昏くして

みぎわよりややも隔てて水滲む砂地みつくる
岩の隠れに

橄欖の石みつけたる川原べに日のかたむけば
水面さみしき

午後の日にわが身の影は石ばかりひろき河原
に丈のばしいる

わが影を石の河原にみおろせばあたまの影の
はるかに遠し

河原べの石に映れるわが影をみつつあゆめり
独りもだして

河原べのおのれの影を石に踏み危うくあゆむ
このおのれかも

川越しの長淵村のコレラ疫いまに聞こゆれ訊
く民おらず

多摩川は水さだまりて流れゆき段丘のまち夕
べに到る

長淵の川明かりなり流れゆくもののひかりの
耀いおりて

疫の時代に　三

絶えざるも日々の疫病《えやみ》の数減りてこころ緩まる小康ならん

さながらに疫果てたるの思いなし紫陽花の夜を更かしゆかんも

悪疫の終りし宣のきこえずもわれらに淡き制覇あるごと

コロナ疫に惑うわれらが同胞にいまだ謎めく
優越あるごと

えらまれし民のごとしやこの国の疫禍すくな
きパンデミーはや

テレマンの主奏ビオラの跳ねる音にこころ寄
りたり自粛解かれて

星空のフェンスのうちの横田基地へ母国の疫
のつながりおらん

十六号国道基地に沿いておりピザのニコラは
夜も真白にて

真夜のみちに動悸湧ききて信号の青こそわれ
に禍々しくも

基地とよぶ大きな的へ真向かいに落下したれ
どいまし夜の海

真夜中は基地ひろがれる瑞穂まで　なんと静
かな占領だろう

与論人《ゆんぬんちゅ》の五千二百のあの島がまるごと疫のクラスターとう

海辺へはかならず下るアイランドまた悲歌となる疫禍至りて

四百の与論人《ゆんぬんちゅ》率いて海渡る戸長おのずとモーゼなりきや

いまに継ぐ与論献奉その杯が疫病《えやみ》広むと聞けば淋しも

送り火《うくるぴー》の悲しきひびき島人《しまんちゅ》は草焚きており空を広げて

オーシャンの潮の孤島やきょうもまた疫ひろがるときけば哀しも

緑陰に「蚊の日」ときけば心躍る熱帯医学に
蚊の生れし日ぞ

広小路駈け抜く黒き蚊のごとく二輪車に伏す
広島のまち

いまどきはどれもコロナが絡みつき夏の思い
出さえ細る

八月のあさの日射しを樹に避けて原爆投下の
時刻待ちおり

とうに無きＡＢＣＣ比治山のその山の名とともに浮かび来

疵みゆる折り鶴ひとつ原爆の少女折りぬと聞きて息のむ

ひろしまの眩しき朝に声たてて懐かしき子ら
甦りおり

渓流

三月ぶり疫死者の数ゼロとなりしこの日晴れ
晴れ峡あゆみゆく

軍畑《いくさばた》駅に降りたつわれひとり疫のこの代の谿
へおりゆく

ぬばたまの昨夜《きぞ》の大雨けさ来れば沢井の谿は
みずほとばしる

川中に橋途絶えいて渓流の御岳の橋はアヴィニョンのごと

川どこの石を透かして濯ぎゆく水のおこないは見れど飽かずも

川みずに浸ることなき川原の大石小石ただに
さびしき

渓流のあふるる水のみるみると流れゆくなり
千谷の水は

谷川はみず淋しきや掬わんとすれば瀬音のと
どろきまさる

ましずかな谿に和したるわが内にはつかなる
躁湧ける哀しさ

山がわはみぎわの石を濯ぎいて淋しさませば
白鷺降り来

瀬音たつみぎわの岩に腰かけて待てばかなら
ず白鷺舞い来

白鷺の石のみぎわへ舞い降るるそのすがたみ
ゆ夢みるごとく

疫の時代に　四

KENZOも時疫に果つると報せくるヤフー・フランスかの笑顔はや

のうなりしKENZOなればお祭りの柄したマスク　デザインせんも

ひきこもる質そのままに年老いてジョーン・バエズを口ずさむなり

近すぎよ声大きすぎ倚らないで欲しい話しか
けないで欲しい

ほんともうコロナに罹ったと思ったわ　がん
ノイローゼみたいにほんと

雨脚のしげきを眺む気落ちして疫病《えやみ》に罹りおらんと怯え

診る側に看る側におりし優越はこの疫病に霧散しており

疫病の戻りきたるを第二波といずれの国もそう名づけおり

疫の波　翻訳のレベルにあらずして認識のレベル vague《ヴァーグ》 Welle《ヴェレ》

同病相憐れむとう余裕あらじ疫ひろがれる他国は他国

疫ふたたび熾りいだせば緩みたるわれの構えをまたつくるなり

施設長われほそぼそと講話せり疫の第二波まぎれもあらず

絶体絶命の介護の日々へこの疫は狙いさだめておるごときかも

防疫のガウンをまとい顔を手を覆えば利己の
きわみのごとし

熱出でて胸にあやしき影みれば疫病《えやみ》ならんと
もはや諦む

にんげんを鼻とおもいてつぎつぎに疫の検査の綿棒挿せり

わが採りし鼻の検体営業のクーラー箱に収まりて去る

陰性という結果とどけば歓びの湧くるほかなし
心緩みて

WHOが効かぬといえば効かぬなりラオー博
士のクロロキンはや

大きくは生死に分かれその外に後遺症ありこの疫病《えやみ》はや

ワクチンも特効薬もいまだなき疫の代おびえ生きるほかなし

遠足

零戦のごと険しきやおのれ舞うつばくらめ一
羽そらに消ぬるは

燕見しきのうのきょうの中空や幾羽も燕ほとばしり飛ぶ

つばくらめ梅雨明けそらに飛び交いて幼なきどちもほしいままなり

つつじ満ちて若紫のその色よその香よわれは
小学生徒

丈たかき斑《ぶち》のきりんを仰ぐときみそらは高し
獣舎の甍

哲学の眼のままにうつむけば麒麟の頸骨しなだれ折れん

なかよしの広場にやぎの舌湿りまひる落ちくるモーゼ十戒

右顧左眄せぬ車いす　コンドルの貌まなかい
に向かうべくある

ハイエナの昼の憩いのつづくときしずかなる
目を向けきたるかな

母の日は竹の秋なりはらはらと舞い落つる葉のつつじに乗れる

梧桐の膚《はだえ》ほのかにみどりして樹の魂のいろ徹るかも

はつ夏をおくれて繁る一木のメタセコイアに
夕風うまる

ときの間に遙かをみする風なれば葵の花のち
とせ揺るるごと

II

疫の時代に　五

白梅の白きによればわが影は花枝覆えり死の
影のごと

地にひくく武漢の市に極彩の山鳥あわれ売られゆきにき

けだものとけだものの肉売られいて肉の掟のなきごときかも

臨界を武漢の市場にみるごとし人間界と畜生界の

疫病は武漢のまちに起こりたり山茶花赤く散りおつる頃

疫病の様猖獗とつたえくるひとの移動は公安のこと

ミアズマにあらずや指であり息であり風である毒の媒体

「実に恐ろしい世界感冒だ」スペイン風邪の
百年前の新聞活字

東西に荷風しかかりや茂吉しかかり瀕死記しきスペイン風邪の

クリムトもエゴン・シーレもみえておりスペ
イン風邪に果てし人らに

四千の家畜のごとく海上に検疫さるるみなと
横浜

検疫の船のわびしさクルーズの白き巨体が接岸している

肺炎の疫ひろがれる東京のまちを息急きランナー駈ける

東京は出口入口なきごとし疫ひろがればはた
てあらずも

山霧の湧くしずかさや紅白の梅咲きいでて遠
きおとずれ

桜木の春らんまんに咲くゆえに我ら疫死に怯
えおらんも

いまやいまや疫の時代に入りたるを目覚めて
じかに思い及べる

パラサイト

折りふしに肉飢《かつ》えるはわれならずわが腸内の
菌ら欲《ほ》るらし

エメラルドゴキブリバチの牙毒にてゴキブリ
萎《しな》う慈悲あらなくに

黒蟻のくろき頭を突き抜けて茸生やしぬタイワンアリタケ

宿り木のいのち切なし逆しまに枝より垂れて
母木につながれ

パラサイト　未来めくとも地は貧しはだしの
傷に虫入りきて

難民の泥のめだたぬ肌《はだえ》にてあくまで痩せて見つめくるかも

脊椎のなき動物を痺《しな》えさす薬飲みたりわがダニ退治にて

母と姉ふたりの間《あい》に並び寝て相死ぬるごとサントニン飲みき

サントニン飲めば黄色にみゆるとう世界を幼なわれは待ちいき

わたくしの儘であるならわたくしは乗っ取られたる儘で構わぬ

悪疫におののけるぼくこのぼくが部屋内《ぬち》の下に座りおる見ゆ

ぼくよりもなおひ弱なる人格がぼくの身代り
ぼくを救える

身代りのぼくもおるなり　もっといる　ぼく
のなかなるたくさんのぼく

雪もよいの朝の寒さや「原人は冬眠しき」と
う仮説たのしむ

ぼくとして覚むる冬眠なれよかし如月梅の咲
きそむる頃

迷い子のぼくとなるかな最果ての怖れ湧きいづ　みな見失い

疫の時代に　六

うるう年の余りひと日も肺炎の疫の怖さに自
粛しており

列島を休校とせしこの疫や梅の見頃の三月二日

グレゴリオ暦二〇二〇年うるう日に武漢の時疫世界におよぶ

すでにして世界は罹患しておりぬパンデミー
の宣　後追うほどや

怖ろしき「世界感冒」ならんかなパンデミー
なる宣とどきたる

戦争へあゆみだしたる日々かくや疫ひろがれる憂いばかりに

集会が悪となりたる時勢はや　九年をへたり追悼会なく

きょうからの三月場所や無観客なれば力士を
惚れ惚れながむ

相撲とはかくも静かな格闘ぞ紋付きが閲す一
期一番

爆発のパンデミーとの報あれどわが国いまだ
漸増するのみ

この疫のいまだ遅れて拡がれるわが国のさま
如何なることや

欧州をはげしく疫の襲うときここなる青梅に
初羅患みる

暦きょう聖金曜日にほかならず世界の民の疫
に喘ぎて

カピュソンは提琴奏者防疫の保護服まとい
聖堂《みどう》に奏す

焼けのこるパリの聖堂《みどう》に今こその時疫の鎮め
頼みもうすも

城郭をもたぬ青梅に怯えおり武蔵野の野を病勢のぼり来

多摩川に沿い疫病の襲いくれば上へ奥へと逃れゆかんや

疫の死は「気の毒なれど死は宿命」と突き放す大統領あわれ

山峡

上成木上分めざす秋の日はまれなるバスに山
坂のぼり

サイクリスト色とりどりに喘ぎ漕ぐ成木山坂
都バスよ抜かせ

落合に秋のながれのふたつ寄り水ゆたけくも
くだりゆくかな

山靴の重きを曳きて飯能に到ればこころ緩むばかりや

草臥れて夢みがちなる二輪車の五体解かれて袋に入りぬ

夕暮れは山昏けれどほのかにも色残しおり一木の柿

息つめて咽頭の検体みておればA型色づくあ
あインフルエンザよ

ひとりまたひとり流感襲いきてほとほと哀し
非力われ老医

ミアズマの漂いくるを身におぼゆ医学史占め
しこの瘴気はや

独りわれマスクを重ね息をつめて隔離の部屋
を訪い巡《た》みにけり

おおいなる心掛かりに疲れ果つ拡がらぬこと
死びと出さぬこと

祟りとはおもわぬものもこの苑に悪い瘴気の
あふれいる見ゆ

ひとすじの航路は成層圏にあり武蔵野の冬の
欅のはたて

冬の日に呼びかけらるるわが町を心しずかに
丘よりながむ

山峡は冷えのかぎりに霧湧きてただに流るる
みずの悲しさ

きのう出でし熊の捕獲をききたれど仔細は射
殺と知ればば切なし

大岳は秀でておわすあさの日にまず輝やける
冬のいただき

杉の葉は雪うけやすし一樹ずつ雪をかさねて
山つもりゆく

山里に十一月の雪つもり皇帝ダリアなお無援
なり

雪享くる皇帝ダリアのつめたさよ聳ゆる茎に
水を湛えて

大岳はひときわ高きその峰にけさ富士のごと
雪をまとえる

枝づめの公孫樹に雪は積もりゆき木偶の坊なる誉れあらんや

水退きしのちの川原の正月や大石小石みなあらたしく

谷わたる風は御寺の桃にありて成木全山ほほえむごとし

疫の時代に　七

如月の果てなんとして遙か遙か武漢の疫がミ
ラノに及ぶ

きさらぎのミラノのファッションショウ哀れ
見上ぐる眼なきをあゆみて

憤るイタリア婦人が映りおり疫病のまちにパ
スタ乏《とも》しと

パンデミーなれば諸国に惨事みゆわきてイタリアその大惨事はや

つねなれば蘇生室など見せぬものをいま挿管の翁を映す

イタリアの蘇生の部屋はただごとに映り翁の
肌曝しおり

この疫のまことの怖さ日常の息がみるみる奪
われるとう

医者は生《いき》の神父は死《しに》の前線でおのれ罹りて疫病に果つ

ベルガモにベッド一台急き押せる看護師五名の眼がこちら向く

誰ひとり生かし戻せぬはかなさをイタリア看
護婦語りおらんも

イタリアの医師の語りのふと途絶え怺えかね
たる涙みせたり

夜という街の底いを軍隊の車列しずかに棺はこびゆく

二十一世紀の都市のまなかに地を掘りて疫に果てたるかばね埋めゆく

かろうじて足るる者らが生きのびて疫死者埋
めきと紀元七世紀

死者はもう咳せぬという言挙げの愚かしきこ
とこの疫にしる

少なくもお顔の部分が透明な納体袋におねがいします

佐渡市より「納体袋の開封は行わないでください」と聞く

疫死者は二十四時間待たずして火葬さるること許されにけり

東北へはこばれゆきし納体の袋なべてが海辺へ向きぬ

長袋ふくらみおりて硬直のさまおもうかな潮風のなか

サントーリオ・サントーリオなりベネチアの体温計を発明せしは

体温計壊ししことの遠き日や畳のうえの水銀《みずがね》の玉

イタリアの疫の地獄を目にすれば厭うことなどあらず自粛は

思い出

ヒチコックよと友なきわれに銀幕を指しし母
上「めまい」なりきか

ユーチューブは玉手箱かなカラヤンがアルプ
ス交響曲鳴らす

ぱっと見てぱっと閉じたるページありき動物
図鑑はぼくの友だち

吾は見たりノイエンガンメにバスを降り荒野へむかう老婆ひとりを

朝ごとに「ウィーン市立総合病院《アルゲマイネス・クランケンハウス》」と路面電車にさびしく聞きぬ

スコーダにみるボヘミアの濃き匂い胸部はきょうも聴診さるる

右胸に水湧くおとを聴きながら水に溺るる肺おもいおり

ルツェルンに涙たらしてマーラーは弾かるクラウディオ・アバドを悼み

秋立てば外《と》つ国のこと浮かぶかな旗手リルケ十八にして斃る

ビルはみな鳥籠のごと空に浮きつくづく哀し
ひとの羽ばたき

あまのはら荒ぶる神か富士の野にサリン工場
をたたしめにしも

富士の野はいまも背《そびら》にかしぎいて上九一色字《あざ》
名《な》無くしき

底ぬけて真白き富士の坐したもう冬の夕べの
大き悲しみ

ソルボンヌの敷石の庭へ担がれて教師たりし
が国葬さるる

まごころに師恩つづりて高雅なるカミュの手
紙弔辞に読まる

冬瓜のならぶあしたの清しさや笑顔のままに
老師顕ちきて

北に置くたまごの籠にぬかづけば冷たき卵《らん》の
ひとつ輝く

疫の時代に　八

苦しさの増しゆく四月なかばなり人気なき街
にハナミズキみごと

ワクチンのいまだあらざる疫の代の特効マスクこれぞ尊き

わが施設にマスク乏しく今朝換える更のマスクのうつくしきこと

また掛けるマスクしなれば耳紐を持ちてしずかに外す意識よ

顔半分隠すマスクのわが顔を日勤帯に幾たびも見き

象徴はありがたきかな防疫の白きマスクの御
門おわせば

修身の教えいまにし及びおりわれら厭わず疫
のマスクす

翼賛の意気兆さんやこの疫におのれみずから
マスク着くるとき

乳がんの治療なかばの主任さえ苑の防疫ひた
すら尽くす

おばはんと呼ぶべき主任らわがこととなし防
疫を共闘しくる

若者を翁にしたて疫病を抑えゆくさまをこと
ごとく模す

学会に本家分家のあらんとも此は感染症学会
の責務

初めからジョンズ・ホプキンス大学統べおら
んコロナの疫の統計一途

「ランセット」誌に載る疫の初論文まこと戦
きながらよみにき

あたらしき疫をけみせし第一報武漢の医師の
名が列をなす

老齢という寿言《ほぎごと》が糖尿病高血圧に列び挙げらる

われひとり百人の老い診ておればこの疫の代の心細しも

さわさわと胸に障りて湧ききたる午後の不安
のかたちみえぬも

医の道にもとるわれかな疫病を怖れておれば
患者を聞かず

益軒に読む医のみちの厳しさや「人を救うを
以て志とすべし」

Ⅲ

疫の時代に　九

ガロン瓶のミルクゆたかに注ぎいしアメリカ
哀れ疫侵しゆく

ひさかたの畏敬しきたるアメリカの疫収まら
ぬこの医の大国

ニューヨークの疫の惨事を譬えるに「真珠湾」
とせり彼らの見方

この疫は奇跡のごとく消え去らんと予言したりきああ大統領はや

まつぶさに疫に向かわぬ為政者に遠きくにより憤りおる

疫死者が十七万を越えゆけるアメリカ人みな
巨体ならんも

アメリカの悲劇やきょうの秋の日も疫衰うと
う嘘言あふれて

わが怒り大統領へ向かうときはつかに覚ゆ父へ向かうを

好きになれぬ大統領なれど同齢の疫病《えやみ》は嗤うべからざるなり

大統領談話《アロキュシオン》ならんも哀れ虚偽ばかり述べれば
中継断たれおらんや

疫猛る米国加州の医療者がみなメンタルに来
ておると　嗚呼

困憊の医師そのふところに老人をしかと抱くとき人にもどれる

四十万のおのれの民の疫死者を弔わずして辞去したるとは

一《ひと》年《とせ》の時疫の猛りきわまりて米国いまぞ戦時と宣す

この世には蘇りなどなきものと一夏の蟬の取りすがりおり

置かれおるレモン一個は完膚なる榴弾のごと
夜に輝く

青梅のまちに

青山に雨はあかるく降りそそぎ貧しきまちは
かがやきいだす

一教諭をふかく沈めて山峡の春を学校とわに
閉ざせる

春雨のけむれる際につばくらめ黒く烈しくみ
え隠れせり

大谷戸は青葉とよもす風吹きて蛙らのこえ尚
たかきかも

わが昭和の貧しき路地に憶えあるあじさいな
べて藍深かりき

山さかに若むらさきの花こぼれ藤房たかくとどかざるかも

マロニエよ日ざしの陰にうす紅の火を焚けころ病むものわれらに

レンゲショウマ市役所ロビーに咲きいでて青
梅のまちも終戦日なり

盂蘭盆の市役所にきてきょうの日も介護の認
定審査を尽くす

里親が大泣きし呉れしと綴るとき里子のなみだみゆるごとしも

温かな家族しならん分かちなき想い里子へ実の子へ

巣立ちゆく里子へわれもこころある歯車たらんと意見書をかく

駅いでて秋晴れたかき陸橋に「防災青梅」の鎮火聞きおり

干涸らびし畑のおもてへ茄子たれて「防災青梅」ひと捜す声

白鷺の歌われにあり短冊に詠まれ青梅歌会の仲間にならぶ

山鳩よ霧よせくればさ淋しきやくーくー喉を鳴らし出すも

濡れやすき落ち葉なるかなクヌギの葉かさなりておる霧のあしたに

鮮やかな黄なる蝶かな多摩川の秋の川原にあえて惑うは

根の国の深きまどいに決然とひとつ伸びゆく大根のあり

どしゃぶりに閉じ込めらるる青梅なり水かむりつつ川へおりゆく

多摩川のかみより来る風説の濡れおるごとし芍薬咲ける

秋かわのつつみに立てば涙いづる遠く娘とあゆみ来たりて

疫の時代に　十

疫ひととせ古れどいまだし勢いの熄まず宣言
ふたたびいづる

神通力の褪せんとみゆるこのたびの緊急事態宣言なるは

パンデミー　異国の惨に目のむくも足元青梅のいまや危うき

冬の日に向かえばまなこ眩むなり疫禍へだてる無に入るごとし

疫の前のかの真剣な場面さえ上滑りせしごとく思えり

わが胸を疫のおもいの占めゆけば除かれしも
のいかにも多し

逃避したき現実は何　疫病のわが苑襲わんこ
の現実ぞ

気掛かりがそのものとしてわたくしの胸のあたりに漂いおるも
切り換えて腹を括ってこの疫に堪えんときょうも気弱を叱る

日本の疫の奇跡と聞きたるは昔むかしのこと
ならんかも

味覚なくすとわが職員の報せ来てもはや覚悟
す疫病《えやみ》出でぬと

濃厚と濃厚でなき接触のその差ほとんど分かたれぬごと

結果いづるあした遙かに遠くして「決戦の連続」と夕べおののく

医療者もメンタルに来ているという疫禍　つくづくわれも来ており

ほとほとに安堵したりき乙女子のＰＣＲ検査ぞ陰性

乙女子に吾れは恥じんや君たちを家族のごと
しと言い来し吾れは

おのれゆえに夫娘にこのコロナ感染させぬと
悶え果てきと

わたくしは草臥れましたと呟きて朴の枯葉の
墜つるごとしも

施設長われ大声に夜勤者をねぎらいて大晦日
をかえる

除夜の鐘おぼろにきこゆ疫の代のほんに一年《ひととせ》古り来りしも

吾れおればば心安しときくからに疫の正月はやも勤むる

パンデミーのひとつの国に長らえて年寄りわれも新たなるごと

奥多摩

あさ雲の漠と垂れしもやまなみは湧ける霧かな湖のごと真白

奥多摩へむかう電車がわが前に止まり雨水を
どっと落とせり

ことさらに奥多摩線と呼ばるるを古里駅過ぎ
てより覚ゆ

空ほどの谿のたかみを走りゆく電車に朝の霧
みおろせる

はろばろとアジアの乙女ら奥多摩の老人ホー
ムに笑みはたらくや

杉やまに細き雨ふり湧く霧のいまだおさなく
頼りなげなり

秋雨を仰げばちかし杉やまに霧うかびいる峡
のしずけさ

雨降りの奥多摩いまし霧湧ける杉という杉濡れゆかんかも

奥多摩は水のかおりの満ちあふれ雨のたましいあまねくもあり

霧湧くを見るがうれしく奥多摩のホームいできて崖にたたずむ

崖ふちの紫苑に丈をならべいてわれも涙の谷をみおろす

杉やまをうつ村雨の明るさよ傾きてふる広重
の雨

奥多摩の雨降りうれしバシュラールその量子
論いまし旧きも

遠やまは小夜の影絵となりにけり雨のひと日
の霧なお湧かせ

疫の時代に　十一

コロナ疫のひととせ四季をめぐりきて冬の季
語なるマスク落ちつく

この疫は手のつけられぬほど猛り吹雪けるまちに医療支援班入る

列強にワクチン接種の為さるさまもう恨めしくも極東より望む

あなパスツール研究所この疫のワクチンづくりに挫折したるも

如月のきょうぞ時疫のワクチンの打たれ初むれば頬ゆるみゆく

露の身に受くるコロナのワクチンのひと刺し
ならん命はかなむ

ワクチンといえばワクチン禍もあらんわが師
白木の四原則はや

この疫病《えやみ》死ぬる病にあらずとうクラスメール
に報せ来たるも

息吸わすための神経細胞の衰えゆけるいのち
ならんか

随意筋という淋しげなことば識りそめしわが青
春の医学憎めり

肺病という常闇のただなかにいのち惜しきと
短く詠みぬ

疫もまた拵えしもの《コンストラクト》のならんかな真冬そびゆる
配水塔みあぐ

山峡の夜を堪ふべし院内に疫ひろがれる病院
点し

防疫のアクリル板に透けみゆる疲れきりたる
顔をおろがむ

柔らかき肺の奥処にいのちとの優しき与え返
礼あらん

苦しみのこの世の息の足らざれば壁によりきて酸素を上げる

肺胞の小《ち》さきふくろへ流れゆく酸素ならんか水に泡立ち

現し世にみちみちている酸素さえボンベに入らずば人救えぬも

惚けたるその父の背より吾もみたりオンライン面会娘御泣くを

じゅーじゅーと痰引く音に声合わせ嫌だね嫌だね励ましており

うちきらし霙ふりいる時の間のはてより醒めてまた疫を思《も》う

パンデミー　星より落つる命かもあたら虚空に散りゆかんかも

あさの日へ欅の末《うれ》の際立てば来向かう春ののぞみあらんも

白き血

老女ひとり原爆手帳を胸にして青梅に落ち来
われの許なり

媼よりひろしまの記憶ほそぼそとわれに渡されいたりけるかも

朱けの血をましろきものと喩うればひとつの悲歌のはじまらんかも

若き血の紫紺にそまる細胞をがんと看做すに
今昔はなし

むらさきに己の核を染めあげて死《しに》の雑兵および
ただしきも

がんのこと事実なれども告ぐるなし　誠に告
げん真実として

若きこそ生き死にのこと敏《と》くあれば苦しむ時
のながからんかも

点滴のほそき針なり抜きかえる手背みており
生かさるる身は

ひとのからだ意のままならず臓物のつよき縮
みがもの吐き出せる

大いなる嘔吐なりしも心づけばすくいのなか
へ裏返りおり

ひとりぼち背負うほかなきこの重荷その重さ
ゆえ泪あふるる

しずかなる物語なれ生まれこし死にゆく無二
の物語なれ

被災

けさのあさけ向日葵の群れひんがしへなべて
の面をむけにけるかも

丈たかきひまわりの顔みあげれば悲しき馬の
みつめくるごと

向日葵よわが手は汝れを悲歌のごと鞠のごと
くに触れなんとすも

一粒のひまわり双葉より生れていま幾百の黒き種かな

くび斬ればいのち落とさんひまわりのどすりと重きこうべなるかも

天が鳴ればみあぐる曇りのひまにして青空蒼
し雷あらずして

根っこから無頓着でよいのだろうか原爆も原
発も写生も

父の髪に粉雪がふりて渚よりついにもどりし
娘を抱ける

ヒロシマのなっておらぬぞ蟬よ汝れ無様なる
飛び無様なる死《しに》

あれは夏あれは広島　爆心によみがえりては
また逃れゆく

樅の木のこずえ狭霧の隠しゆくと思うほどな
く吾れが消えたり

さとうきび畑の間《あい》に海みえてハイビスカスは
おのずと赤し

一本の走路ウギ畑にのびて滅びんとして飛び
立ちゆきしも

にんげんが隠れ尽くせば大風はひたすら島の
さとうきび犯す

さびしさの南の島の山みずのあおき汽水に綾《あや》
蝶舞《はべら》う

雑木林

山坂の落ち葉におもてうらあるを不可思議の
ごとみつつ登るも

笑いだしそうになるほど大ぶりの朴の落ち葉
に歩をとどめたり

ひさかたの光に輝れる枯れ草を雉の原色みご
とに出づる

遅れいづる雉の妻なれつつましき枯れに馴染めるその羽色よ

蛇の尾の秋草へ逃げいまだ見ぬまむしならんと想い深める

枯れわたるくぬぎ林のひとつ木に枯れ葉のこりて落つることなし

ひげ脚で絡みつききてわたくしを吸うかぶとむし秋には来ない

蜘蛛の囲のまったきすがた極めんと木漏れ日のなか歩を後前にす

尾根に出てやっと繋がるケータイに点滴指示すそんな散歩ぞ

おもえらく江戸より来たる一路ありきそこ武
蔵野をとおす旅道

武蔵野をわたる地平に新宿のビルの群みゆ青
梅ゆとおく

地平とおく西日に明《あ》かきビル群は疫禍にほろぶる町のごとしも

まなかいは穂の綿毛とも羽虫ともわかたれがたく西日へあゆむ

赤彦の落暉ののちの黄なる空きょう見えており青梅の西に

万軍のすすきの原の戦ぎいて虚しくひろし石切場跡

疫の時代に　十二

初めからやり直せると思い立ちこの疫の代を
老い生き来しも

七十四歳の頼りなき腿洗いいて疫に斃るる側なるをおもう

望月の輝れるおもてのその陰のくらき真顔をひと知らぬかも

十五夜のさ夜のゆまりのその度に仰ぎし月も
はや山に消《け》ぬ

君たちよ疫のもなかに今朝も来る　尊しエ
ッセンシャルワーカーぞ

傷負えば一員欠くると苦しめる君ら介護士いたわるるべし

なんだろう「ペールギュントの朝」なんかなんかほんとの朝の感じだ

私がこのわたくしの重荷ゆえもう星空へ戻り
ゆけぬも

ささやかな医療にわれは与りて看取り介護の
ときを授かる

あたらしきマスクに口をよせるとき肌《はだえ》のおもい萌さざらんや

うつろえる霧のはざまに透きとおる紅葉の谿のゆめのしずけさ

まだ春の緑色した葉もみえて紅葉《もみじ》葉《ば》楓《ふう》の紅葉
うつくし

誠実さ《オネットテ》　この可笑しげなフランス語が『ペスト』の疫の灯火なりき

しみじみと手を洗うとき防疫のきょうのおこない目に浮かびくる

あとがき

『疫の時代に』はわたくしの第二歌集です。

表題は、わたくしどもがいまだその中で苦悶している新型コロナ疫によります。

高齢者施設の医者をしていますと、感染症はとても脅威です。冬場はインフルエンザが怖く、十一月頃からみなマスクを着けて手洗いをしっかりおこないます。十二月頃には利用者も職員もワクチン予防接種を終えています。それでも、年により二人、三人と罹るひとがでてくるものです。

利用者に高い熱がでたら不安が湧いてきます。すぐに抗原検査をして、もし陽性の濃紺のバンドをみたらがっかりです。気を取りなおして、高熱者を隔離し、インフルエンザ治療薬を点滴投与します。濃厚接触のひとには飲み薬のタミフルを予防として投与します。

緊張の日々になります。べつの利用者に熱がでれば、検査して隔離して抗インフルエンザ薬を使ってゆきます。この対応の繰り返しです。何人でてくるかわからない。まるで「決戦の連続」という感じになります。

ですがインフルエンザでのこの緊張は、現下のコロナ疫を一年経験してみると、全然微弱であったことがわかり、驚かされます。インフルエンザ感染のばあい、その対応は様式化されているのですから。予防接種があり、迅速な抗原検査があり、特効薬がありました。

このコロナ疫はずっとやっかいです。病気として、インフルエンザより生死のもんだいが大きく、後遺症が目につきます。そして対応の面では、インフルエンザのように迅速で確実で廉価な検査法はいまだなく、感染の初めから頼れる薬もありません。それでも、ようやく待望のワクチンが開発されて接種されだしたのは、ほんとうに気が休まります。

わたくしの施設ではこの一年さいわい新型コロナの感染はみませんでした。しかし近隣の高齢者施設のいくつかは集団発生にみまわれ、そのありさまを伺うと恐るべきことだとわかります。この疫禍がひろがりだした当初、フランスでもアメリカでも死亡者のはんぶんちかくは施設入所の高齢者でした。そして遅れて、日本でもそのような事態になりました。新型コロナ疫は高齢者を襲います。ですから施設は、つねに身構えていなければなりません。

時疫がパンデミーとなり世界中が心細くなったとき、カミュの『ペスト』が参考書として挙げられました。読むと、こんな一節にぶつかりました。医者リウーのことばです。「ペストと戦う唯一の方法は、誠実さです」。そして誠実さとはどういうことかと問われたリユーは、「僕のばあいは、自分の責務を果たすことだと心得ています」とこたえています。おおきな支えになりました。

いま日本の重点医療機関を中心にしてこの疫病を引きうけている病院で、その過剰で過酷なはたらきを強いられている医療者のみなさんは、この思いをこころに刻んでいるのだとおもわれます。濃淡はありますがわたくしどもも、カミュがしるす誠実さをまもろうとしてきたわけです。おおきなストレスのなかで早め早めに防疫の課題をみつけて、厭うことなく持ち場のしごとを務めるわけです。

『ペスト』の最後部でカミュは médecin（医者）ということばをさりげなく入れていました。「聖者となれずとも疫禍を受けいれることは拒否し、疫の絶え間ない恐怖と猛襲に対して、みずからの苦悩をおさえて、なんとかmédecinsたらんと努める」人たち、そのような人たちの記録がこの『ペスト』だというのです。médecinsを医者と訳したのでは胸に落ちてゆきません。ほかの個所では医者とするのがふさわしいこのことばは、ここではあきらかに違います。英訳本はこれをヒーラーとしていました。

制度としての医師のことではなく、もっともっと広い、勇気をもって立ち向かう治療者ということのようにおもえます。じぶんの立場で疫に立ち向かう人たち、そのようなみんなのことでしょう。医者に限ることなくみんながmédecinsとなって疫に立ち向かう、そういうことだとおもいます。

わたくしは疫という素材に寄り掛かりすぎたかもしれませんが、そんなことを考えながらこの疫の時代のうたを詠もうとした一年でした。これはわたくしの仕事仲間への、わたくしの歌仲間への挨拶です。

最後になりますが、りとむ短歌会で常日頃ご指導を賜っております三枝昻之、今野寿美両先生にこころからお礼をもうしあげます。今野先生には歌稿に目をとおしていただき、種々のご助言をいただきました。感謝もうしあげます。また帯文を寄せていただきましたこと、この上ない歓びに存じます。刊行にあたりましては砂子屋書房の田村雅之さまに大変お世話になりました。ありがとうございます。素敵な装幀をしてくださった倉本修さまにもこころからお礼をもうしあげます。

令和三年三月十一日

池田和彦

著者略歴

池田和彦（いけだ　かずひこ）

一九四六年　和歌山県生まれ
一九七三年　東京大学医学部卒業
　　　　　　東京大学医学部脳研究施設脳病理部門入局
一九九〇年　東京都精神医学総合研究所勤務
二〇〇九年　介護老人保健施設青梅すえひろ苑勤務
りとむ短歌会所属、青梅短歌会所属、日本歌人クラブ会員
歌集『しずかなる舟』二〇一九年刊（砂子屋書房）

りとむコレクション119
歌集　疫の時代に
二〇二一年六月二七日初版発行
著　者　池田和彦
東京都青梅市河辺町一〇—一一—五—一一〇三（〒一九八—〇〇三六）
発行者　田村雅之
発行所　砂子屋書房
東京都千代田区内神田三—四—七（〒一〇一—〇〇四七）
電話　〇三—三二五六—四七〇八　振替　〇〇一三〇—二—九七六三一
URL　http://www.sunagoya.com
組　版　はあどわあく
印　刷　長野印刷商工株式会社
製　本　渋谷文泉閣